森 美眼
Bigan Mori

Scream Out!!

文芸社

目　次

いつだって心透明でいたいのです。

「a fact of life」	8
青空	10
虹	12
RPGのよに	14
反比例	15
傘がなくても	16
My house	17
LIVE（夢の時間）	18
シアワセがずっと続くなんて有り得ない	20
分身	22
心はもう悲鳴を上げている	23
雨	24
感情、廃棄	25
NO MUSIC NO LIFE 的ライフ	26
チャイルドール　in my head	28
感謝のKIMOCHI	30
繋ぐ手と手	32
記憶消滅	33
プロフィール	34
矛盾性が私自身	36
直感力	38
どうぞ、主観的で	40
ジブンラシサ	41
これからも進化していく	42

素敵な出逢い	44
My friends	45
雑踏	46
限界値なし	47
リニアモーターカー	48
生命の火	50
生命の relay	51
夜空	52
「大正浪漫」	54
愛する遺伝子について	56
ノスタルジー・三人暮らし	58

脳内ディスファンタジア

価値のない人間について	62
筋金入りの孤独の持ち主	64
MY TEENAGER	66
ムーンライト　セレナーデ	68
月と太陽	70
恍惚の追憶、追憶の拒絶	72
純真な劣等感	74
螺旋の中へ	76
Sengyo-Syufu	78
The life！ ―楽しもうぜ、その人生を！―	81
スライム	84
ボクは幽霊	85
シアワセな人	86
上質の品位	88

私、あなたに負けてる気がしない	90
ダメ子節、炸裂！	92
アンドロイドさん（二次元以上三次元以下）	94
レクイエム（Go to hell!）	96
エンドレス（独白〜毒吐く）　其の1	98
エンドレス（独白〜毒吐く）　其の2	100
エンドレス（独白〜毒吐く）　おしまい	102
"mama"	104
フリー	107
残酷な若さと劣化	108
タイムリミット	110
雌シベ	112
破壊！　ジェンダー・アイデンティティ	114

カラフルポップの憂鬱

実験台	118
KA.TA.O.MO.I	120
貴方の映像の光が滲む	122
独裁主義	123
一方的に誰かを想う気持ち	124
浮ついた心	126
透明な関係	128
コール＆レスポンス	130
人の波	132
ドキュメンタリー	136
受動体	137
養分	138

エターナル	140
さよなら、A子サン、B男クン	142
Keep smiling	144
MESUINU	146
☆妄想ランデブー☆	148
☆妄想ランデブー・他力本願編☆	150
☆妄想ランデブー・アナザーワールド！☆	152
スーパーマンになりたい、 　貴方だけのスーパーウーマンになりたい	154
失ったもの	156
「Good Night Darling」	158

いつだって心透明でいたいのです。

壊れそうなこの心を支えていたのは
大好きな音楽だったり
映像だったり
活字だったり

何もかも失くした日々があったからこそ
強く思う
このままじゃいられない
この先、どんな経験をしたとしても
真っ直ぐの透き通った心で
すべてを受け入れたいと思う

心の内側を剥き出しにして
生きていきたい
自分らしく、今を全開で
駆け抜けるように生きていきたい
常に自分の理想とする自分でいられますように

そんな私であり続けたい

もう、
死ぬまでずっと

「a fact of life」

パパが出て行った日は、10日ぶりに太陽が顔を出して
空は抜けるように青く澄んでいた
あたしはまだ子どもだから寂しいんだか悲しいんだか
本当の所はよく解らなくて
日常の枠からはみ出すほどに、感情が溢れ出ることはなかった
多分こんな気持ちを言葉に換えてみた時に
当てはまるのが寂しさとか悲しさとかなのだろう
実感するのはまだ少し先なのかもしれない
家族が一人減ったね、
そんなことしか口を衝かなかった

ママはこの日をずっと待っていたよね
だからこの青空のような表情でいるんだろう
ずっと苦しい想いを抱えてきたから
新しい再スタートを心待ちにしていたのだろう

だけど不意に
ママの目からきらりと涙が零れ落ちた
あたしですら堪えられていたのに

あたしの小さな心を覗いて泣いたんだ
あたしの未熟な本音を知って泣いたんだ
あたしの口を衝いて出た言葉に
罪悪感で心がいっぱいになったママは泣いた

変だな、あたしも顔が歪んだ…

こんな想いが複雑に絡み合ったあたしたちの心は
決して誰にも推し量ることなんて出来ないよ

いつもと変わらない午後のように
あたしたちは人混みを歩いていたけど
いつもと変わる筈がないと思っていたけど
何かが壊れた感触だけは確かに存在していて
あたしたちの周りは沢山の人で溢れていたけど
その色付く周りに囲まれたあたしたち二人だけが別世界にいた
紛れもなく白と黒の世界を浮遊していた

誰にもこの真相を悟られないようにして
誰にもこの事実に同情されないようにして
これからは二人で寂しさや悲しみを一つ一つ
葬りながら進んで行こうよ

こんな経験は誰しもが出来るものじゃない
こんな経験を乗り越えてこそ見えてくるものがある
だから悲観しない
幸せ掴もう
ママの覚悟とあたしの決意

今はまだ涙が頬を濡らしたとしても

青空

青空に映える白
少しずつ形を変えて、ジュッと溶けていく綿飴のよう

あの頃のことは一体何だったのかな
夢を見ていたのかな
浮かんでいるような、漂っているような
そんな夢現(ゆめうつつ)の状態がとてつもなく膨らんでしまった

初めて知った
こんなにも綺麗な青空というのは
只々胸を締め付けるだけなんだな
青空が否応(いやおう)なしに上から私を押さえ付ける
せめてどんよりと曇っていて欲しかった
雨模様ならまだ救われた

私のココロは現在、青空と対極にある
墨を零したような闇
私のココロはヒリヒリ痛む
素晴らしさだとか、優しさだとかに
唾を吐きたくなるような心境
だからより鮮明に映し出させる、惨めに歪んだこのココロ

こんな青空は残酷なまでに涙をも拒む
頭の中をグルグル回る色んな出来事、
情景の言いなりになっている

だけど確かにそんなものに抗っている自分がいる

本当はどうでもいい事なのではないか
元々透明な苦しみだったのではないか
明日には何か別の答えが用意されているのではないか
取り留めなくも楽観に向かおうとしている

揺れるココロをも眩ませてしまうような青空の下に立っている
それが、今ある真実

虹

今し方(がた)、雨が上がった
それをもう一度確かめるようにふと空を見上げた
軒の連なる空はまるで道
その空の道に虹の橋が架かった

ちらほら湧き上がる歓声
各々が足を止めて見上げる空
このちっぽけな生活空間を弧を描いた虹が優しく包み込む

日没前の明るさを残した空のせいで
お祭り独特の提灯(ちょうちん)やライトはまだそれほど目立ってはいない
これから賑わいの様相…

やがて雨は上がるだろう
きっと私たちの未来も七色に輝く時が来るのだろう
そんな期待感で胸の隙間を埋めてみた

雨の降り続く場所
いつ止むのかさえわからない
ずぶ濡れになる時があって
そうならない為に雨を凌(しの)げる場所を見つけて
そうやって立ち止まる時もあって
それでも少しずつその先へ進もうとしている
それを繰り返しながらもいつかは

この空に虹が架かるのを心待ちにしている
ずっと心待ちにしている

そうだ、もしもこの雨が止んで空に虹を見つけたら
今までの事なんて全然大した事じゃなかったと
笑い飛ばしてやろう…

いつの間にか出来ていた人ごみに揉まれながら
した決意

RPGのよに

どんなに良くない事が起こっても何も考えないで
気丈に脳天気に進んで行けるのがいい
どれだけ考えても答えが出ない時がある
只々時間の経過が必要な時がある

良くない出来事に飲み込まれて重たい気分になるのはちょっと、
好まない出来事を受け入れられずに悲しみに浸るのはちょっと、
冗談じゃない、我慢できない

誰かの説得力に欠ける助言や励ましが
何の役に立つというのだろう
悪いけど誰にも理解されなくていいし
容易に理解できるものでもない
だったら自力でこの険しい道のりを越えて行こうか

良くない現実から逃げたくない
立ち向かうんでもない
何もなかったような平気な顔をして
真正面から受け入れてやりたい
そうすることが当然でしょ？っていなしてやりたい

どんな事も切り裂ける剣と
何だって跳ね返せる盾を手に入れて
英雄にでもなった気分でこの険しい道のりを
笑顔で進んで行ってみせるよ

反比例

皮肉なもので上手くいかない日が重なっていく程
透明になる、透明でいられる
無意識の内にこの状況から抜け出したいと
色んな選択とか行動とかを傍らに用意してしまうのだろう

毎日がそれなりに上手くいって
機械的な繰り返しを維持しているとすれば
きっとそれに慣れて甘えてしまうから
感性が濁ってしまうのだろう

悶々とした毎日は容赦なく鎧を外させる
投げ遣りではなくもうどうにでもなれって気になる
何処からでもかかって来いって気になる
楽観的に開き直っている
透き通った感性で直視できる

だから上手くいかない日々も
素直に受け入れられるようになる
真っ直ぐに受け止められるようになる
価値観も180度裏返る

だったらいいよ
引き換えにしたって
このまま透明でいられると云うのなら

傘がなくても

雨の中　走る、走る、走る
結構降って来たな

だけどこの雨がずっと続く訳じゃない
だから濡れるのは大したことじゃない

駆け出した足も気持ちも止まらない
それならこんな時があっても
それでいい

仕組まれたことなど何一つなくて
全てが自然現象のようなものだ

その内、雨が上がって太陽が顔を覗かせたら
大きな虹が見えるはず
そんな晴れ渡る空を君と一緒に見上げられたら
それがいい

上昇する胸の奥の熱と眩しい太陽の熱
どんなにずぶ濡れになったとしても
その熱の力で何事もなかったかのように
乾かせてくれるだろうから

いつか雨も上がる
だから傘は要らないよ

My house

沸騰しかけの気泡のように
幾つもの困難が待機している
年月を重ねる度に沁み込んでいくもの
反対に容易に剥がれ落ちていくもの
吹けば飛ぶように宙を舞って、嘲笑う

私を試しているの?

扉一枚で隔てられた秘密
内側の醜態
それを隠して笑顔を被る
くすみきった日常を
何事もなかったかのように取り繕って
作り笑いで周りを騙す

演じきれる内は大丈夫だ
この笑顔に亀裂が入るまでは
この事実を誰にも悟られないように
この事実が私から零れ落ちないように
普遍的な毎日を繰り返しているフリをして扉を閉めて
今日も足早にワタシノオウチを後にする

だけど私には此処しか戻るオウチがないものだから
他に行く場所なんてないものだから
〝ただいま″って重たい気持ちで扉を開けなくてはならないの

LIVE（夢の時間）

ひとつひとつの音がひと所に集まった時の
破壊力、破壊力の連鎖に
頭の中がもうどうかなるくらい夢中にさせて

成熟したエネルギーを解放させて
一瞬の時間が永遠になる

そんな時間の存在は確かに

ドコか欠けた部分があるから夢中になれる
自他ともに認める異形(イビツ)
定形(マトモ)じゃないから夢の時間が必要

ドコか壊れているから、それか皆よりナニかが余分だから
夢の時間を必要としていたいのだろう

そんな非対称な存在は確かに

待ちに待った時間を経て夢の時間
瞬きする間さえ惜しいのにあっという間に過ぎてしまう
汗と熱気と一体と解放
本当に体感したのか、それとも幻覚だったのか
それすら分からないくらい
瞬殺、瞬殺の連鎖で
だけどはっきりとこの胸に刻まれた夢の痕

そうして夢の時間が幕を下ろした

で、何もなかったような顔をして明日は現実世界に戻っていく
だけどそんな極端な日常が
すぐ傍に存在していることは確か

シアワセがずっと続くなんて有り得ない

今日がとても穏やかで、そんな状態を保ちながら
ずっと続いていくと思っている
明日突然悲しい出来事が起こるかもしれないなんて
思ってもみない
少なくとも現状を維持していきたいと思っているなら
それはシアワセと分類できるだろう

けど悲しいな
胸の真ん中辺りがキュウッとなるな
いいことなんて何処を探せば見つかると云うの？
いつも悲しい
良くないことばかりに慣らされて
穏やかだって思える瞬間すら見つけ出せない
大したことも望んでいないのに
明日は一体どうなっているの？
不透明に遮られてもう足元しか見えていない
現在(イマ)すら霞んで見えるのだから、未来なんて在る筈がない
明日って本当に在るの？

誰かが落胆した
「シアワセがずっと続く筈だったのに」
だけどちょっと待って
そんな保証なんて何処にも無いよ
急激な状況変化がなかったとしたら死ぬまでずっと
シアワセが続いていたと云うの？

シアワセに目が眩んで見えていないから
そんなことが言えるんじゃないの？

シアワセがずっと続くなんて有り得ない

そんな皆の処に普通に訪れる、他愛なきシアワセが
当たり前に続くものだと
本当に何の疑いもなく信じていたの
それなのにこの仕打ち
あっさり裏切られた
身の丈に合ったシアワセすら手の届かない処へ

大したことないフコウでも継続して
重なっていけばどんどん重くなってくる
そうやってフコウに慣れていってしまうから
シアワセに唾吐きかけてやりたくなる
シアワセと感じる瞬間さえも嘘だと思う

フコウの排出物
それなのに、どうして私は此処にいるの？

分身

悪い事ばかり起こってどんどん不幸に飲み込まれていく
頑張っているのにどうして幸せになれないんだろう
人格は独立しているはずなのに
誰かが決まって幸せになるのを邪魔してくるの
なんで?

実を言うとその反面
すごく充実感で満たされていたりもして
その悪い事だらけに必死で抵抗して
心の両手を真っ直ぐに伸ばしては
淡い希望のようなものを夢中で掴もうとしている
そんな自分を励ましてあげたい

実存の私を応援するもう一人の自分が
心の中にいてくれるから頑張れる
孤独な私をいつも支えてくれる分身
誰にも打ち明けたくない秘密の所為(セイ)で
君が現れてくれたんだよね

アナタが私なら絶対に負けてると思うよ
不幸に押し潰されてドロドロとした感情に塗り潰されて
ヒステリックに泣き喚いているだろうね
だけど私だから頑張れるんだよって
このクソッタレな状況に負ける訳がないって
上から目線で思ってんだよ

心はもう悲鳴を上げている

明日なんて来なければいいと思う
もしくは、明日がそっくり入れ替わって
自分の思い描いたようになってくれればいいって思う
そんなことある筈ないのに
空腹を紛らわすチョコレートの役割に似た発想だ

自分の行動だけが全て
分かっているけど心は軋(きし)む
もうどうにでもなってしまえばいい
自分の心、殺せばいい
意識にグルグルと巻き付いた鎖
もう囚人のようだ

どうして幸せは届かない処にしか存在してくれないんだろう
どうして苦しみはキューブみたいに積み重なっていくんだろう
自分でそうしている訳じゃないのに
このままどん底に突き落としてくれないかな
終わらせてくれないかな

それなのにどうして
頑張ってるんだろ、笑ってるんだろ、許してるんだろ
それでもシアワセ感じたり出来るんだろ
明日なんて来なければいいって願うのに
明日になれば忘れて楽しいコト探してる
私は一体何なんだろう？

雨

嫌いなこと
濡れるより後始末
濡れたまんまでいいかな
面倒で後始末
色んなことの後始末、面倒で

私の声　笑う雨

どうでもいい気がして
どうにでもなれと思って
そのまんま放ったらかしてやろうか
どうにもならないものはどうにもならない
そのまま其処に蹲(うずくま)って
叫びたい衝動もいつの間にか消えて行った

私の声　浚(さら)う雨

狂気に吸い寄せられて、正気に引き戻されて
間をゆらゆら行き来して
均整が保てなくなるならもう
戻れない気がして、戻らない気がして

だからやっぱり

私の声　洗う雨

感情、廃棄

キモチなんて存在していても何の役にも立たない
苦労して言葉に換えてみても
少なくともアナタには全く届かない
全ての言葉がアナタの心の壁の前で
無残にもバラバラになってしまった

だからアナタに説明したい気持ちは失せた
キモチを伝える努力は捨てた

アナタに私のキモチを読み取る技術がないなら
必死に伝えてみても意味が無い

色々な試みも期待外れ
誰しもが自分のキモチを表現するだけで精一杯
そうだね、
このキモチをアナタに打ち明けたいと思った私が馬鹿だった
アナタは自分のキモチだけを一方的に伝えたかったんだ
誰かのキモチなんてどうでも良かったんだ
受け入れる容量がなかったんだ
アナタの前では
私のキモチなんて存在してはいけなかったんだ
だったんだ

そうしたらアナタへの感情は零(ゼロ)になって
瞬間的にアナタを傍観する他人になった

NO MUSIC NO LIFE 的ライフ

聴き捨てるようにミュージック
次から次へと
大多数を占める〝どうでもいい曲〟を排除しながら
運命的に耳に引っ掛かる音を探す
そうして必ず出逢うことになる
五感を満足させるミュージック
次から次へと
感性を揺さぶって
衝動を突き上げて
思考を停止させて
無心でノレナイ曲なんて聴いていても意味が無い
人生の意味を盛り込んだって
感傷を持ち込んだって
切ない恋の唄なんて
どうでもよすぎて素通るミュージック
そんなものは実体験だけで充分
それらとは別次元の破壊力を求めている
別世界への浮遊と恍惚を
その威力で悲しみをぶっとばして
付け入る隙のない疾走感で悲しみを遮断して
思わず跳ねたくなる
じっとしてはいられない
次第に最高潮へ
音符で埋め尽くされた隙間のないミュージック
ミルフィーユのように幾重にも音種の重なるミュージック

陶酔から心酔へ
その音なしではいられなくなる
中毒性この上ない瞬殺キラーチューン!!

どんな状況であっても探し求めてしまう
五感を満足させるミュージック
細胞が欲してしまうミュージック

そんな素晴らしい音楽を
この世に送り出してくれるミュージシャンの方々へ
心から感謝しています…

チャイルドール　in my head

まだまだ未熟な壊れ感
とってもお粗末な標準型
万事休す、なのかな
ちょっとだけ夢を見ていたいと云う願望、
呆気なく退散

君の頭脳にアクセスしたい
興味津々、津々浦々
君を創造している要素の集合場所を
チラリと覗きたい
小難しい本でも解読している感じ？
不能な自分を再確認するパターン？
君の才能、畏怖驚嘆！

ダメだね、このままじゃ
まだまだ甘ったれのお子様思考
結局、他の排出物の捕虜
君の才能に平伏すリスナー
細胞持たない人形だ

思い知らせてくれてありがとう
ちっちゃな思い上がり、やっつけてくれてありがとう
ちっちゃな種から始めてみよかな

呪われた頭を振りながら

一つ二つ三つで身体揺らして
五つ六つ七つで昇天しよかな

君の創り出した世界に嵌(はま)り込んで

君の才能に触発されて
この脳内で小爆発が繰り返される

認めた才能だけが焦燥を煽(あお)る
認めた才能だけが意欲に火を点ける

そんなこんなを繰り返しながら
君の才能の隣に並べるように
頑張らなきゃって思うんだ

感謝のKIMOCHI

ありがとう

私をどん底に突き落としてくれてね

この人生に悔いはないと言い切れるほど
充実している

こんな思いをしなければ私、
這い上がれないただのクズだったよ

ありがとう

私に苦痛と試練を与えてくれてね

本当に感謝している

多くの出来事の中でこのことだけは

KIMOCHIは最高値

人生、何が起こるかわからない

だけど大概のことなら乗り越えられる自信を
私は身に付けることが出来た

ありがとう

このことだけは感謝している

他のことは全部
跡形もなく破り捨ててやったけどね

繋ぐ手と手

二人、手を繋いで歩いた
私の手を包む大きな手
繋いだ手の中には二人の未来が
まだ何もない白紙の未来だ
これから創られていく未来
私たち二人、その先にあるのは一体どんな未来?

結局。
あの日繋いだ手は幻のよに消えた

代わりに私の手に残された小さな手
確かなものだけが残った
私の手で包める小さな手
やっぱり未来は白紙だけど
ここには豊かな色彩の絵の具があって
自由に適当に乱雑に
だけどしっかりと色を重ねていくのだろう
それだけは確か

二人、繋いだ手と手揺らしながら
悲しみ、振り払っていこ。

記憶消滅

忘れちゃうんだ
カナシイ事もクルシイ事も
過ぎ去ってしまった今となっては
あの日々の荒れ狂った波打つ気持ちを
思い出す事すら出来ない
心が潰れかけてたって云うのにな

なんて都合よく出来てるのかな
だけどタノシイ事もステキナ事も同じだ
次第に色褪せる
事実としては確かに残ってるんだけど
それ以上でもそれ以下でもなくなる

新しい明日だけを欲してんのかな
日々変動を満喫しなきゃ損だって感じてんだ
次から次へと使い捨てて

きっと心が欲張りなんだ
他は至ってシンプル、質素、無頓着

心だけは贅沢に出来てんだな

プロフィール

ずっと前から書き溜めていた言葉たち
久しぶりに読み返してみる
少し不貞腐れていた夜
只ぼんやりと読み進めていくと

何て云うか直接
心にチクチク刺さってくるな
誰かに伝えたいと云うよりも自分自身に向けた言葉
何て云うか直球
虚構と事実の中間辺りで浮遊しているものの
赤裸々な告白と心の成長記
あの時の状況、情景、それらに付随した気持ち等々、蘇る

そしたら私自身
自分の認めてきた言葉たちにえらく励まされて
何だか元気が出てきた
他人の活字では体験したことのない感動だ
胸が高鳴る
真剣に向き合ってきた結果、集大成

やっぱり私
自分の心をひとつひとつ拾い上げて
言葉として繋げていく作業が好きだ
誰の為にもならない自己満足でしかないけれど
書くことが大好きだ

私の一部
これからもずっとそうありたい

少し不貞腐れていた夜

自分の書き溜めてきた言葉たちに

背中を押された気がして

これから先の未来に

自信が湧いてきた

矛盾性が私自身

結局傷付くのが嫌なだけ
深入りしたくないと躱(かわ)している癖に人懐っこく笑顔振り撒(ま)く
何だろうね、この矛盾性に煌(きら)めいている悪意のなさは
周囲に対しては相変わらずの鈍感ぶりを発揮しながらも
周りからの好奇心や興味本位に敏感に反応しては
心に鍵を掛けている

結局曝(さら)け出したくないだけ
秘密を持っておきたいだけ、教えたくないだけ
心から誰かを信じていない
だから一人、いつも一人、これからも一人
気が付くと独り
寂しさって一体どんな感情？
誰かと共有するくらいなら
一人で独占していたい

周りから孤立することで生まれる感情が
私にとってカケガエのないもの、守りたいもの
その為なら何だって犠牲に出来る

普段の私は笑顔です、人も好きです、繋がっています
人の持つ優しさを信じています

裏面の私は周りを拒絶することで
人間らしい感情をたっぷりと蓄えています

そして皆とは異なる発想を持っているという実感を
まったりと味わっています

自分自身のことがもう何だかよく分からなくなって
放任してはいるのだけど
色んな矛盾性も含めてそれが
自分自身であることもちゃんと分かっているのです

直感力

その瞬間閃く
多少の強弱はありつつも
その瞬間脳内の接続がパチッと切り替わる

嫌なものは嫌、好きなものは好き
どう頑張ったってそれは覆らない
無駄な努力はしない性質(たち)

入りたくなるか、そうじゃないか入口って肝心だ
興味が湧くか、どっちでもいいか大抵其処で篩(ふるい)に掛けられる

色を付けるのは案外得意
その日その時の気分に合わせよう
色で変化するものがある
迷わずにコレと決めて
でないと折角張り切り始めた衝動も思うように働いてくれない
感度が鈍る前に

直感って意外と頑固だから

何にでもある表と裏、光と影
ただじっと見つめる
次第に
伝わってくる波動、それを受け止める感受性
互いに共鳴し合うその、直感力

命中率はほぼ百パーセント
滅多に裏切られない
だから信じられる
その瞬間閃く、この直感力

どうぞ、主観的で

良いとか悪いとか関係ない
実存の人間と影は常に平行を保つ
見せない本心、ちらつかせるマヤカシ
だから重ならない
アナタの描くワタシが本物だと思ってくれて構わない
それが良くても悪くてもどちらでも
たとえ実際と異なるものであったとしても痛くも痒くもない
アナタの存在だとかワタシに対する印象だとかが
掛け離れていればいるほど愉快になる
そう簡単な仕様ではないかもしれないけど
否定も肯定もしない
可笑(おか)しくもないし不機嫌にもならない
只アナタがそう思い込んだと云うだけで
特に感情湧かない
嘘も本当も裏も表も種も仕掛けも存在しない
あからさまなコントラストも
在るとすれば誰かの主観や固定観念によって
色付けされたり決め付けられたりしたもの

アナタの目に映ったワタシ
アナタのパーソナリティーを反映させたワタシ
私から放射されているらしいワタシは
今日も何処かで一人歩きしているのだろうか？

ジブンラシサ

常に心の周囲が波立っているよう
ザワザワと
いつも何かを探している、誰かを捜している

ようやく静かで穏やかな気持ちが心の入り江に辿り着いた
もうこのままココでこうしているのがきっと最適
たとえそうであったとしても
ひと所に留(とど)まってはいられない
また何処へ行こうかと、そんなコトばかり考えている

この心はどうしてだか安息を必要としてはおらず
突拍子もない衝動の指し示す方向へ進みたがる

閃きに忠実に、思い付きに堅実に
但しなるべく重い荷物は置いておいて
より身軽に

心の安定を与えられてもきっと
どうしていいか分からずに持て余してしまうのだろう
この心は不安定であるくらいが丁度よく出来ている

心は揺れる小舟
これが今の自分自身

これからも進化していく

結局未だに自分の事すら解明出来ていない
ならば自分の内側に向かって掘り下げていくのは
もうやめた、意味が無い
だってこの先も立ち止まってはいないだろうから
速度を保って進んでいる感じ
ついこの間とは別の感情が生まれてくる
新しく出現したばかりの思考から生まれてくる
古いものはいつの間にか何処かへ
まだまだ進化しているってことだ

日々流動的に
伸縮、膨張を繰り返し
その時々の自分に適した形に合わせていく
だからずっと同じ自分ではいられないし、
いることはないのだろう
この先もずっと

自分の事なんて説明出来なくていい
むりやり型に嵌(は)めなくていい
進んで行く方向に一緒に、成り行きに任せるようにして
その時々に感じ取ったものを吸収していければいい
その時々で必要なものを取り込んで
不要なものは削り落として
固定観念を取り払って

明日は見えない
未来も見通せない
充分分かりきったことであるからこそ

どんな未来にも対応していけるように
しなやかに形を変えていこう
そんな自信だけはちゃんと付帯させているから
これからも進化は止まらない

素敵な出逢い

素敵な出逢いに子どもみたいに燥(はしゃ)いだ
生きている中の、その瞬間が輝く
素敵なインスピレーションで巡り逢う沢山の人、物
未来の方向から吹く風に乗っかって

小さな始まりであってももの凄く大きな閃き、力になる
そんなことを知ってしまったから
大切にしたい、素敵なこの出逢い

  打ち明けたい秘密があるのなら
  どうか遠慮しないで
  なるべく包み込むようにいられたらな

  永遠の絆ってものが存在するのかどうかなんて
  本当の所、分からないし興味もない
  只、今こうして一緒にいられる時間が
  どうであっても此処に在ると云うのなら

  限られた時間の中できみの為に
  私に出来ることがあるとするのなら
  何でもやってみたいと思う
  私を信じてみて、任せてみて、頑張らせて

たとえその先に悲しい別れが待っていたとしても

My friends

時々、君の声が聴こえる気がする
ねえ、もしかしたら今
悲しんでいることがあるんじゃないのかな
だから私を呼んでいるんじゃないのかな
微かな声で叫んでいる？
私に気付いてもらいたいことがあるんじゃないのかな

時々、君の夢を見る
目が覚めた時、胸がキュンとなる
君は無事でいるのかな
私はね、
指を絡めた両手を胸の前でギュッと握りしめて
此処から君の所まで届けばいいのにって
想いながら祈っているの

どうか悪夢を振り払えますように

私は大丈夫だよ
何があっても
最悪なことばかりでも
君のことを想うスペースをいつも心に空けてあるよ
私は変わらないよ
だからいつでも思い出して
微力までもいかないけれど君を想っていること
忘れないで、絶対に忘れないで。

雑踏

雑踏に掻き消されながら夢見てたいわ

小さな私が大きなモノを掴むの

そんなイメージ、死ぬまで思い描いてたいわ
それで
思い描いた映像、死ぬまで実行していきたいわ

小さな私がそう在り続けながら、大きなモノを掴み続けるの
それで
大きなモノ掴んでも、私はいつだって小さく在り続けるの

そんなコトの繰り返しをね

結局何にも染まれない、染まらない、と云うコトを
ちゃんと証明してやりたい
そして死ぬまで誰にも真似出来ない、
唯一の私を演出し続けたい

大きなモノを掴んだって雑踏に掻き消されてしまうくらい
やっぱり私は小さな存在だってコトを
いつも心の中に留(と)めておきながら

限界値なし

限界感じない

もしあったとしてもないと思ってるの

調子に乗って、乗っかって

自惚(うぬぼ)れてるくらいが丁度いい

企みと手を組むんだ

誰にも迷惑掛けてないもの

自己満足という動力で疾走していく

誰にも思い付かないこと、してやりたい

笑いながら舌、出してやろう

限界なんてないの

あったとしてもないと決めたの

そうしたらなくなるものなの

軽く超えてやるの

リニアモーターカー

駆け抜けるように突っ走っていく
ひと所には留(とど)まれないの
私、加速していく

時間を掛けて進化したんだ
やっと此処まで辿り着いた
だから堂々と曝け出せる

私を見つめて

気持ちがね、先行してるの
この身体を引っ張っていく
ちょっとした刺激さえあればそれでもう、
心が上下左右に揺さぶられるの
居ても立ってもいられない

誰よりもこの気持ちがぶっ飛んでること証明してみせたい

付いて来られるなら付いて来てみて
追い越せるなら追い越してみて
やれるもんならやってみせて

私、もっと加速していく

普通の人間が普通に生きてたってつまんないよ

蟻同等の存在である私だからこそ
主張したい叫びがある

俊足で駆け抜ける
私、リニアモーターカー

より加速していくけれど
私の通り過ぎた場所にいるあなたたちには
残像を鮮明に焼き付けたい

生命の火

生命の火が灯る時、そして消える時
その二つを知ってから
それらがあまりにも日常の延長線上にあったものだから
特別なことの様に思えなくなったのです。
奇蹟の様なものであっても
その奇蹟がとてつもない場所からやって来たのではなく
あくまでも自然に属したものであると考える様になったのです。

生と死を、対義的なものとして捉えることは出来ない。

生が煌々(こうこう)と輝くものであったなら死もまた煌々と輝く。
不謹慎な発想であっても
生と死は間違いなく比例するものなのです。

もしも私の生命の火が今消えていくとしても構わないと
言い切れる様に
今を、この瞬間を、煌々と輝いたものにして必死に
生命の先端だけを見つめて無我夢中で駆け抜けていきたい。
そうしてそれに比例する様に
煌々と輝きながら生命の火を消し終えたい。

そう生きていきたい。

私の目(ま)の当たりにした二つの生と死
それはもう、煌々と輝いていたのであります。

生命の relay

膨大な過去を紡いでいる
これまでも、これからも
気が遠くなる程の年月を費やして
紡績された記憶と進化
異なる生命体の交わりの、当然の結果
そうであったとしても本当は
何処からやって来るのだろう

貴方(キミ)の胎動をこの腹部に感じた時
明らかに自分以外のもう一つの生命が体内で
着実に育っているのだと確信した
貴方は此処で進化の歴史を辿って
遠い記憶の夢を見ていたんだね
あともう少しだ

ねえ、生命の始まりってとっても小さなものなのに
宇宙に匹敵する程の壮大さだとか
宇宙の無限に誘われた様な神秘だとかを
感じさせるのはどうしてなんだろう
かつて母の胎内で私自身もそんな風に
宇宙ほどの威力を持った微小の生命体だった
過去から未来へと脈々と繋がっている
途絶えることのない煌めく生命の糸
母から受け継がれたこの糸を
私も今、未来へ繋げようとしているところ

夜空

ばあちゃんが、家族に見守られながら星になった

昨日、病院のベッドの上のばあちゃんは
凄(すさ)まじい形相(ぎょうそう)で空(くう)を見つめ
呻(うめ)きながら迫り来るものと必死に闘っていた
私の覗き込む視線と話し掛ける声を余所に天井をも通過した
もっともっと高い所をじいっと見つめていた
私は唯々無力で、尊い恐怖なるものを味わっていた
それなのに今日、我が家に戻って来たばあちゃんは
呼び掛けると今にも目を開けて
にっこり微笑み返してくれそうなほど
自然な眠りの中にいるようだった
色とりどりの花々に囲まれたばあちゃんは
美しく安らかに永遠の眠りに就いていた

ばあちゃんを見送った日はもう、
感情に任せてズルズル泣き続けた
時折普段なら何でもないことが妙に可笑しかったりして
不謹慎なほど大笑いをしたりもした
些細なことに敏感になって、感情は容易に羽目を外した
だけど今日だけは
どうにもならないことを許してもらえるだろう
そんな心の様相で

ばあちゃんが星になった夜は、宇宙の果てまで見通せるような
そんな透き通った夜空だった
その夜星がキラキラと煌めいて
この日の為に誂(あつら)えた様な銀河への道が拵(こしら)えられていた

ばあちゃんが其処を通っていくのに申し分ない道、相応(ふさわ)しい道
そのことがとっても嬉しくて、笑いながら大泣きしていた

「大正浪漫」

貴女(あなた)は無敵の女(ひと)
其の潔い生き様を、とても誇らしく思うのです。
貴女はまるで大輪の花
其の凛とした佇(たたず)まいに、感銘させられるのです。
子どもの頃から思い描いていた強い女性はもう既に、
幼い私の目の前に存在していたのですね…。

貴女の姿を思い浮かべる度に耽(ふけ)ってしまいます。
貴女の生き抜いた物語についてを
私は散らばった事実の断片を、何とか組み合わせてみるのです。
小説の頁を捲(めく)る様に、夢中で、貴女の物語を探してみるのです。
そうしたら幼い私の継続していた貴女への祖母としてのみの印象が何処かへ消えて、一人の女性として貴女が、ふわっと色付いたのです。

貴女の生き抜いてきた道が、たとえどんなに波乱に満ちた険しいものであったとしても、貴女に対する共感と敬愛しか、私には思い付かないのです。
一人の素晴らしい女性として、貴女は私の中で永遠に、鮮明に、輝き続けるのでしょう。
そして誇りに思うのです。
だから信じられるのです。
私の体内に流れている、貴女に分け与えられた此の血の事を
必ず証明してくれる筈です。
困難を乗り越える力が備わっている筈です。

それで私ときたらほんの少しでも貴女の様に生きられる気がして、有頂天になってしまったのです……。

貴女は私の記憶の本棚に並んだ一冊の本
しっくりとくる「大正浪漫」

愛する遺伝子について

人は誰しも
潜在を含めて愛されたいとか
どんなに歳をとっても愛されていたいとか
そう願うものなのかな
これまで自分がどう愛されてきたのか
考えてもみなかったと云うことは
紛れもなく愛されていたと云うことなのかな

人は我儘(わがまま)で、愛することよりも
愛されることにより順応するイキモノだから
愛されているという感覚の方が鈍ってくるのだろう
と云うよりも、愛することはその先にある感情なのかも
しれない

人は本能で「愛されること」を自然と身に付けているもので
それを「愛する」に変換する方法もちゃんと心得ている
そう思える
何故なら私がそうだから
これからは無条件で貴方を愛したいと思うから

今まで私を愛してくれた人たちへの感謝と恩返しを込めて

綿々と紡がれていく
脈々と受け継がれていく
貴方を愛したいと云う気持ちも永遠にずっと

貴方を愛したいと願う遺伝子が
間違いなく私にも受け継がれていたこと
それを素晴らしく誇りに思う

もっとあなたに近づきたい
そしてその心にゆっくりと触れたい
そこに潜ませた孤独や痛みを少しでいい
私に分けてくれたなら

私はあなたの為に手を伸ばしたい
どうか遠慮せずにこの手を握って

あなたの心に寄り添って
そっとその心を包んであげたい
私が知っている温度を少しでいい
あなたに感じてもらえたなら

あなたの痛んだ心をほんの少しだけでも
癒すことが出来たらな、
無条件でそう思う

誰かをちゃんと愛していきたいと云う思いが
私の遺伝子にもちゃんと組み込まれていたことが
とてつもなく嬉しい

そして誰かを愛するように組み込まれた情報が
貴方の遺伝子にもちゃんと受け継がれていますように

ノスタルジー・三人暮らし

夕暮れ、急ぎ足、帰り道

何処からか美味しそうな晩ご飯の匂い
今夜の食卓に並ぶのは多分あのメニューだな
あの家でもこの家でもお母さんがキッチンに立って
家族の顔を思い浮かべながら一生懸命晩ご飯、
作っているんだろうな
いただきます、ごちそうさま、おいしかったよ
言ってくれる人のいる喜び、そう言える喜び
作って待っていてくれる人のいる喜び、
食べてくれる人のいる喜び
その感謝、有難さ
それ等(ら)全てを凝縮した時間帯

夕暮れは秩序正しい日常を送っている家族の象徴
美味しそうな晩ご飯の匂いも、窓越しから洩(も)れている明かりも
無秩序から抜け出した現在でも
過去を仕舞った場所がやけに膨らんでしまう、こんな夕暮れ

今はもうあの無秩序な生活の欠片(かけら)もないけれど
ずっと忘れることはない
心に沁み付いている一人暮らし

あの頃の自分と現在の自分が重なって歩いている
あの頃の暮らしがあったからこそ現在の暮らしが引き立って

こんなひと時を大切に思うことが出来るんだろう

夕暮れ、急ぎ足、帰り道
早くご飯の用意をしないとね
子どもの手を引きながら
一人優しいノスタルジーを味わっていた

脳内ディスファンタジア

いつだって満たされない心に支配されている
それと呼応するように感性は磨(と)がれる

あのね、
隔離された孤独な心を持つ、
世の中の底辺、または陰にしか存在することの
できない私ゆえに
爆発させたい幻想的な喜怒哀楽を詰め込んだ

たとえそれが鬱々とした感情であったとしても
あなたに伝えたいと、
誰かに向けて発信したいと、
そう望んだ時点で
それを伝えるために
私は今まで生かされていたのではないかと
そんな風に思うんだ

正真正銘、負の人間
だけどこれまでの最低な自分を返上して
今なら再生した自分になれると思った
全部、取り戻せると思った
それをあなたにも知って欲しい

だからこうまでして伝えたいと思ったんだ

価値のない人間について

何の価値もない人間って実際にいるよね…
もしも価値があると云うのなら
今頃誰かに必要とされて
それはそれはカケガエのない存在として
定着しているはずだろうから

いくら笑顔で振る舞っていても
属する場所があったとしても
結局独りに帰っていく

価値ある人間は大抵みんな
散り散りになっても
ぴったり収まる場所がちゃんとあるんだよ
誰か、何かの待っている場所がある
だから幸せじゃないフリなんてしちゃいけない
悲しみの本質を知らないのならば

もしかしたらって淡い期待をしても
やっぱり無理だなって実感するんだよね
それほど救いようのない虚無感に包まれているんだよね

自分は価値のない人間だからって
誰かに甘えて本音を見せる前に
泣きながらもう諦めちゃうんだよね
断ち切っちゃうんだよね

誰かと繋がる前に自分の存在をないものに
しちゃうんだよね

だから誰からも気付いてもらえないと云う…
情け容赦ない無価値のリンネ

少なくとも
何の価値もない人間って実際にいるんだよ

ほぉらネ、今此処ニネ。

筋金入りの孤独の持ち主

いつも感じる孤独、感じている孤独
周りに誰かがいてくれたとしても
其処から抜け出せないでいる
それを失くさないよう心の隅に
そっと仕舞っているんだと思う

もしもあなたがどうしようもなく孤独を感じていると
するならば
どうか寂しさに押し潰されてしまわないように
私のような人がいることを思い出してみて

私は心を許さない、必死に隠す
誰も分かってくれないと僻(ひが)んだフリをして
誰にも分かる訳ないと高慢気取って
ちょっとした優越感に浸っては
性質(たち)の悪い奔放な卑屈のせいでより孤独に嵌っていく
そして決定的となる

だから安心して
あなただけじゃない
似たような孤独に晒(さら)されているのは
そのどうにもならない気持ち、
しっかりと汲んであげられたらな
あなたの処に居座る孤独に気楽さを与えてあげられたらな

筋金入りの孤独の持ち主はちゃんと此処に存在している
どうかそれを忘れないで

此処まで来たらもう、
誰かに頼りたいとか、甘えたいとか、分かってもらいたいとか、
望むことすら思い付かない
誰かに何かを求める方法すら分からなくなった
あとはもう、孤独に対して常に能動的でありたい
それだけかな

きっと私自身、
元々独り仕様に作られているんだと思う
それなりに心に寂しさを携えていたとしても

だから安心して
私が此処にいる限り
あなた全然独りじゃないから

MY TEENAGER

一生懸命生きることをとても不安に思った年齢
中途半端に横に逸(そ)れる道を作って
こっちがダメならあっちに逃げよう
器用でもない癖にそんな作戦を立てた
身の程知らない teenager

一生懸命生きることが束縛と感じた年齢
格好イイことが格好ワルイことだと感じていた
間違いだらけの teenager

君臨した砂糖にも似た世界は脆(もろ)く呆気なく崩れ去った
その全てがマボロシだったことに
大人になってから気が付いた

遠回りした分だけ得るものはあったのかな

結局思った以上に大人になっていた
それでいて大人になりきれていない自分もそこに居て
思い付くまま形振(なりふ)り構わず必死に生きている
今になってあの頃恥ずかしいと感じていた生き方を
選んでいるなんて本当に最低だ

ならばあの日に思いっ切り詰め込んでやれば良かったんだ
何も怖いことなんてなかったんだ
迷うことなんてなかったんだ

だけどあの頃は自分の一生懸命さを否定して
それに恐怖心を抱いて萎縮していた

それまで中途半端にしか生きられない自分しか
存在していなかったものだから
一生懸命生きることを想像することさえ出来ずにいた
だけど心の向きで変わる自分自身

思い通りに生きたければ頑張ればいい
願いは必ず叶う
大人になって初めてそんな簡単なことに
気が付いた自分がいた

ムーンライト　セレナーデ

眠り際、一瞬夢の穴に落ちそうになってはまた
今日に引き戻されたりを繰り返している
そんな眠りの境目で
今日は何だかいい夢を見られそうな気がしている

  私はと云えばどちらかに例えるとするなら確実に月
  輝く誰かを目を細めて眺めている側(がわ)
  輝く誰かの後ろに隠れて自分の存在を消している
  太陽みたいな人に少し引け目を感じてしまう人
  可笑しくなるほど私には何の魅力もない
  ただ静かに待っている
  そして秘かに瞼の裏側に描いてみる
  自分自身が輝けるなんてとても素敵なこと
  だけど自ら率先して行動するのは苦手
  出来れば陰で誰かを支えていたい
  自らの意思を伝えるよりも
  誰かの発言に言葉を添えてあげたい
  そんな目立たない位置にいるのが丁度いい、相応しい
  私には何の力もないから

そんな取り留めのない事が浮かんだり沈んだりしながら
眠りは私を夢の穴へと引っ張っていった

  もしあのラインを越えて行けたなら
  私は太陽になりたい

自ら発信して意志を伝えていきたい
　　　自分らしさを遠慮なく存分に発揮していきたい
　　　私は、太陽のような人になりたい

眠り際、そんな大胆な夢を見た
だけど本当は眠り際、夢を見ている振りをして
そんな大胆なことを考えていた

月と太陽

昼間の光が心の表面を照らして温める
そう、だから笑顔で
あなたといられて本当に良かったなと素直に思える
喉の奥で待つ言葉を飲み込んでも全然平気で
本来の私とは別の私らしさを自然なままで発揮できる
優しさとか思い遣りとか包み込める素材を大切にして

夜はと云えば心が自発的に発光するものを
浮かび上がらせる
そう、だから目は眩まされない
歪んで捻(ひね)くれてどうしようもなくくすんだモノが浮かぶ
満たされた毒はなみなみと
鋭い言葉を吐き出す用意をする

ほらね、包まない言葉をこうしてナイフみたいに尖(とが)らせて
キミの胸を突き刺してやりたい
容赦なく抉(えぐ)ってやりたい
キミの反応が見てみたい

月と太陽
正反対の自分がその間を行き来して
その距離感を確かめては一人ほくそ笑んでいる
その距離が心地好い
どちらも本当で真剣で
無理してる訳ではなくて偽ってる訳でもなくて

ただ重なった人格を使い分けている

月と太陽の間を
私は行ったり来たりして
服を着るように、または脱ぐようにして
自然体で人格を変えていく

人って案外そんなものじゃないのかな？

恍惚の追憶、追憶の拒絶

あなたは遠くに視線を向けて
少女のような笑顔で過去を語り始めたの
遡(さかのぼ)った記憶はまるで現在に位置しているかのように鮮明
あなたはかの遠き日の自分と現在の自分とを重ね合わせて
眩しそうに見つめた過去を現在に存在させた

私はと云えば、あなたを見つめる目を細めながら
その眩しい過去の存在を只々素敵だと思った

かけがえのない過去は宝石の様に
あなたの記憶の中できらりと輝いているのだろう
そんな風に過去を見つめられると云うのは
過去をきちんと歩んで来たからなのだろう
この先全てを忘れてしまう時が来たとしても
そんな過去があなたの中にちゃんと存在していると云うのなら
あなたはとっても幸せだ

ところが私はと云えば千切(ちぎ)れた人間だ
あなたの少女のような笑顔が容赦なく私に知らしめる

私には美しい過去は存在しない
期限切れの過去は自動的に消去されていく
感情の潜(ひそ)まない記憶は思い出として成立しない
だから私に過去はない
過去を消した時点からしか存在することが出来ない

今もそんな風にして、ある過去が消えているんだろう

思い出はとても苦しすぎて重たすぎて
年月と一緒に連れて行くことは出来ない
思い出はいつも悲しすぎて醜すぎて
記憶の中に仕舞っておくことは出来ない

だから私は未来へと
思い出と云うものを持ってはいけない

純真な劣等感

人ってどれだけ誰かの発信したモノを受容出来るのだろう
また、受容したいと思うのだろう
誰かに与える影響の大きさはどのくらい？
例えばアノ人みたいになりたいってやつ
真似てみたいとか、同化したいとか
それってドコまでが本心？
誰かに対する憧れって本物？

どんなに優れている人であっても、素敵な人であっても
その人みたいになりたいとか、近づきたいとか
思わない、お手本にはならない
別の個体として素晴らしいとは思うけれど
何の対象にもならない、重ならなくていい

どんなに自分に自信がなくても、卑屈でいても
今ある自分をどうにか変えていけたらと
日々悪戦苦闘している
自分という人間を私の理想とする自分に統一してしまうこと
それが私の望み、全て
日常の先で生まれるささやかな理想を
ずっと追いかけていきたい

私の大部分が他の誰よりも劣ってるって実感している
だからこそ誰よりも向上心を持たなければならない
周りと比較したって欠けている部分が多くて

謂わば劣等感のカタマリでしかないんだけど
それでもこうありたいと思う自分像を追い求めている

理想とする自分になるにはまだまだ程遠いけれど
本来なら持ち合わせているだろう羨望や嫉妬心
そんな足を引っ張る感情なんかも上手く回避しながら
自分だけが通れる道を進んでいる

根底に居座っている堂々とした劣等感
ひけらかす手の内
実は私の武器
この劣等感が存在してくれるからこそ
私は使い捨てるように理想を描くことが出来る

この純真な劣等感のおかげで
現実から逃げないでいられるのだろうから

螺旋の中へ

ホンネとタテマエが奇妙に入り乱れている
複雑奇怪な迷路に入り込む
敢えて自分から迷い込む必要なんてなかった？
悲しいけれど私の一方的な思い上がりだった

　本音でちゃんと話してる？
　その言葉の裏に別の気持ち隠してない？
　そんな風に使い分けてる？
　もしかして本音は言えない？　それとも言わない？

　いつも二重の心で誰かと接してない？
　曖昧な相槌に気付いてないと思ってる？
　適当にその場を取り繕えた？
　先ずは屈折させた目線から物事を見ようとしてない？

　自分の考え以外受け入れたくない？
　自分の考えと相手のソレがイコールだと思ってない？
　もしくはイコールじゃないと不愉快にならない？
　自分の尺度でしか物事を計れない？

　相手の話に不機嫌になってない？
　自分の解釈次第で良くも悪くも受け取れるのに？
　相手の意図を理解する気がない？
　その決め付けが相手を不快にするなんて思ってもみない
　キミは、その事に気付いてる？

顔色窺おうとしてる？
　　探り合おうとしてる？
　　それがキミのコミュニケーション？

キミの事がよく解らない
不透明なものに心が包まれているよう
それがキミ自身である事は間違いない
だけど不透明なもので心を包む理由が解らない

キミが見えない

もう解読していくのが疲れた
本音の矢も自衛の盾に跳ね返された
届かない

この私の一方的な思い上がりも
この一連の面倒臭い疑問の羅列も
不透明なものに包まれたキミの心も全部
渦巻く螺旋の中へ吸い込まれてゆけ

全て飲み込んで何事もなかったかのように
跡形もなく消え去ってしまえ

Sengyo-Syufu

私、世の中に何の貢献もしていない？
私、最小単位の集合体にしか必要とされていない？
私、無能、無力、何もない？

現状維持？
より良くなるならこのままでもいい
より悪くなるならこのままじゃいけない
だけど良い方へ傾く保証なんて全くないから
常に焦りや不安を抱えている
現状不利。
私一人の力ではこの状況を覆すのは困難
無能、無力、それに尽きる
だって現在 Sengyo-Syufu

このままじゃいけないこと分かりきっている
諦めてなどいないし流されてもいない
現在この状況を打開できるだけの材料を持っていないだけ
現状かなり不利からのスタート
このままでいたいなんて誰が思うというの？
それなのに

反撃開始。
アナタはとても素晴らしい
両手に掲げたご自慢の結果
右手に知識、左手には幸福

両方勝ち取って、将来安泰を手に入れて
勿論アナタの努力と支柱の存在
見事な連携、羨ましいね
だけど私はアナタとは全然別物だということ
それを忘れないで

アナタ、自分と他人は同等だと思ってもいない癖に
その価値観を平然と押し付けてくるのは止めてよね
アナタ、もの凄く優越感に浸っている癖に
他人も自分と同等の生活力だと思い込むのは止めてよね
アナタ、他人を見下しているだけで、勝ち誇っているだけで
目線を下げるという心遣いすら出来ない
自分の立ち位置からしか助言出来ない
どうやら肩書きほどのインテリジェンスは
アナタにはないらしいね

立場の弱い人間をこれ以上馬鹿にするのは止めて
アナタの助言は人格否定
アナタの人間性が今はっきりと見えた

アナタ、調子に乗って口出ししないで
アナタじゃ私を動かせない
アナタ、無知な癖に理解したフリしないで
アナタじゃ私を計れない
私、アナタに共感しない
アナタ、自分の築き上げたものを誇らしげに自慢するけど
私、アナタに興味ない、アナタの助言必要ない
本当にアナタがどうでもいい

私を遮る、引っ張るものに決着がついたら
こんな無能で無力な人間がどうして生きているのかを
お利口さんのアナタに
ちゃんと教えてあげるからね

The life！ —楽しもうぜ、その人生を！—

アナタ方には想像すらつかないような世界だね
食物連鎖の、更に底辺にぶら下がっているようなアタシ達の
明日の行方のことなんて

けど解ってほしいなんて全然思わないね！

最低限スレスレの神経で
最低限ギリギリの生活を
最低限ツメツメに我慢して
最小限で生きてかなきゃいけないんだ

余力のないアタシ達には未来なんてない？
平等に与えられているはずの
生きる権利すらないってこと？

だけどね、そんな世界が蔓延(まんえん)している現実(ここ)を切り離してやった、
孤高の気持ちを持ち続けることが必要だって思うんだ！

楽しいコト選んじゃいけないかな？
引け目感じる必要ないんじゃないかな？
やりたいコトやっちまえばいいよ

明日のことなんてもう、
考えたくもないさ

それなのにアナタ方はこんな不公平に目を背けて
生きる為だけに生きろと言う
贅沢とは無縁のアタシ達に向かって
我慢して当然だって言う
そして余力のない人間の存在を視界から抹消する

ねぇ？　人間って、"生きる為だけに生きられる生き物"
なんかじゃないはずだ
そんなコト暗黙の常識なはずだ
知らないなんて言わせない

だからこそ楽しまないといけないんじゃないか
窮屈な世界に閉じ込められたアタシの一種の暴動だ

余裕綽々なら別にどうでもいいよ
合間合間を勝手に謳歌して
依存症にならない程度に遊び惚（ほう）けてね

日々キツキツだから尚更だ
たまには爆発させないといけないんじゃないか
我慢の日々から解放されるために
時にはドカンと弾けるコトが健全じゃないのか

拡声器持って
歩きながら浴びせてやりたいね！

そんな全ての力弱キ人々へ
我慢なんてすんな

楽しいコト思いっ切りやろう

明日が良くなる方法なんて
全く思い付かないんだけどさ

この生活から抜け出せる保証なんて
現実(ここ)にも未来(どこ)にもないんだけどさ

いつも心に煌めきを
いつも気持ちは最上級で
絶対に買うことができないものには糸目を付けないで

その為に、
ギブミー娯楽！
ヘルプミー娯楽！

だから贅沢よりも富よりも何よりも
アタシが必要だって思うのは
この生活のほんの隙に嵌め込める程度の娯楽なんだって！

スライム

アナタがどうであっても関係ない
アナタがどう思っても関係ない
アナタにどう思われようと
ワタシには関係ない
どうだっていい

自分の思考と、それが産み出す行動
それにしか興味ない
他人への批判とか不満とか全然ない
その場限り
ワタシには関係ないから

関係ないから優しくしてもいい
関係ないから優しくできる
どうせそんな場面も短時間の繰り返し
優しさの使い回し

感情の距離とか、親密の拒否とか
自分の思考を通過させない価値観とか
そんなものがある限り
無関係であり続けるだろう

だからアナタの感情を知ったとしても
自由自在に、縦横無尽に
ワタシ、何とも思わない

ボクは幽霊

つくづく人間って内側を見抜く能力が欠落している
感性が鈍いというか何というか
必死になって実存を叫んで

要するに外見だとか
資料に記載されたデータだとか
それらだけで判断するのさ
視覚で確認できるものしか信用しないって訳さ

内側について語らせたら
恐ろしくトンチンカン、的外れ
眼がシロクロ、回転を始める

だったらボクは人間じゃない
正しいのは中身だけ
外見も経歴もなんもない透明だ
明け透けの容姿はただの借り物だ

幽霊みたいに実体がない
つまり意識だけが邁進(まいしん)する
性質だけが蔓延する
感じたり染み込んだりする存在でしかない

アナタ方には決して見えることはない
故にボクは幽霊

シアワセな人

シアワセな人、近寄ってくると
ちょっと距離を置きたくなる
何様のつもり？　無意識に人を見下したりして

劣等感の塊みたいな人がいい
それを卑屈感で満たしていないのがいい
劣等感をひけらかして正々堂々としている人が好き

シアワセな人、周りの不幸に全然気付かないの
明るさだけで無用なお喋りばかりで
質(タチ)の悪い優しさを振り撒くだけなの
気を利かせるなんて出来ない
何ていうの？
汚れたものに目を塞ぐような優しさだよ

荒んだ自虐的な感情を愛おしく思うの
攻撃の矛先を自分自身に向けているんだよ
内に潜む醜い感情を追い出したくて
必死に清らかさに変える努力をしているの
そのエネルギーで優しさを生み出すんだよ

不幸の塊でしかない癖に
弾けるようなシアワセオーラ満載の人になりたいの
上等なマヤカシを演出したい

そんなシアワセなキミの傍で正体を隠した私は
シアワセオーラ全開にして
何ならキミの正体を暴いてみせようか？

いい人ぶって此処にいる誰もがキミと同等、シアワセだなんて
思い込んでしまう間の抜けたキミの発想に
万が一不幸ぶった幸福論なんてものを押し付けてきたとしたら
簡単に化けの皮を剥してあげようか？
キミが偽善そのものだって思い知らせてあげようか？

不幸な人さえ見抜けないキミの落ちぶれた感性を
もう鼻で笑ってあげたいよ
そんで大声で笑ってあげたいよ

上質の品位

あなたから発射されたマイナスの光線
軽く受け止めてあげるよ
あなたが思っているよりも私はかなり敏感
あなたを解読するのは困難じゃない

あなたの内に潜む不快で陰湿な感情が
こちらに向かってじりじりと伝わってくる
そうする事で
あなたの内に潜む何かが少しでも救われると云うのなら
私はいつだってそれを受け止めてあげるよ
あなたからの負の攻撃は私のダメージにすらならない
だから堂々と私を嫌って

人から他人へ向けて放たれる、
自分勝手で攻撃的な感情、汚れた意地の悪い感情
私にとってみたら耐え難い劣悪品、それら不用品以下

あなたからの負の攻撃に報復を考えるほど
あなたと同類じゃない、同等じゃない
誰かを攻撃する気持ちが
その心を穏やかにするものであるとするのなら
あなたのプライドを守るものであるとするのなら
どうぞ、それを私に向けてよ
どんな攻撃にも品位を落とすことなく微笑んであげるよ

私は誰もが思っている以上にとても敏感
だからあなたの荒んだ可哀想な人格を
純粋に憐れんであげたいと思うのです

私、あなたに負けてる気がしない

あなたいいよね
自分に自信があるのよね
あなたにはある種の劣等感が存在していないから
私のこと全然理解出来ないのよね
私はいつだって先天的な劣等感に占領された精神で
これまでを生きてきた
あなたにはその苦しみがどんなものなのか
想像することすら出来ない
だから簡単に人を責めることができるんだよ
場違いな〝頑張れ〟を言えるんだよ
いつだって自分が優位なんだよ

私、これまでのこと全然後悔してないの
自分の選択間違いだったなんて思わない
それなのに私の経験してきたことを平気で
否定するのはやめてよね

あなたは自分に自信があるから
私のような経験をしなくてもよかったのよね
だけど私はそんな選択しか出来なかったくらい
劣等感に苛(さいな)まれて半ば諦めた人生を送ってきた人間なの

あなたはいいよね
そんな苦しみと向き合うことなく
上澄みだけで生きてこられて

私はいつだって自信がなくて不貞腐れて
生きる価値のない人間だって卑下して生きてきた

だから大したものが得られなかった
ただそれだけ

ではあなたはそんな素晴らしい人生を謳歌してきた中で
何を掴んだと云うの？
今、何を掴んでいると云うの？

私は何一つ後悔なんてしてはいない
むしろその劣等感の中で誰にも負けないものを育ててきた
今、心の中は光り輝く優越感で溢れている
その優越感は誰にも持てるものじゃない上等なもの
苦しまないと絶対に輝かないもの

だから私と真逆の人生を歩んで来たあなたに
教えてほしいことがある
自信に満ち溢れたその順風満帆な人生の中で
一体あなたは私に勝る何を見つけられたと云うの？

ダメ子節、炸裂!

誰かのこと羨ましいとか憧れるとか絶対ない
人より劣っているなんて思ってないもの
自惚れ過剰?
でも自分、嫌いじゃない。

誰の真似もしたくない
プライド許さない
皆と一緒なんて冗談じゃない
廃(すた)れろ! 流行。

独自の世界観で生きていく
だから放っておいて
私の世界に踏み込まないで
絶対に教えない
失せろ! 群衆。

凡人になんてなりたくない
凡人だなんて思っていない
良くも悪くも飛び抜けた能力がある
不調な時も順調な時もやっぱり其処に行き当たる

誰にも負けてる気がしない
自分の思考回路が好きすぎて
それ以外もうどうでもいい
興味ない

だから自分を褒めてあげたいの

誰にも教えたくない自分いる
ヒントなんてあげないよ
努力して手に入れたから
勿体なくて教えられない

詰まるところ、
自分自身の居心地よすぎて気分爽快

最低な私は確かに存在するけど
大っ嫌いな私はやっぱり此処に居るけど
先天的な卑屈はどうにもならないんだけど
それらを忘れてしまえるくらいの
意識が炸裂

だから思い続けられる、自分最高！

アンドロイドさん（二次元以上三次元以下）

バーチャル的人流行る⁉
まるで漫画、アニメから抜け出してきたよう
赤い血流れてなさそう、心持ってなさそう
もうアンドロイド！

ナチュラルなもの全部排除して人工的な装飾、改造を加える
中身垣間見えることなく表面的なものの評価が良ければいい
平面感情と仮面笑顔、作り込まれたルックス
一面的な注目に完全対応
全開的容姿、そんな所が魅力的？
完璧な外見的演出、圧巻！

人間臭さの古い価値観捨てた
二次元以上三次元以下が持て囃(はや)される！

心中多様で曲線交錯、情緒不安で感情不揃い
つるっとした容姿は感情面には反映されず
オウトツ(ゴツロ)心は三次元より複雑
裏側に隠しきれない脆弱精神
完璧な内面的演出、皆無！

表面飾る度に波打つ感情
表面飾る度に裏面は神経過敏
気になる視線、気になる反応、病的神経質
より意識する過剰外見

表面飾る度に願望上昇、比例して不安上昇
表面飾る度に裏面隠蔽

で、表面飾る度に裏面崩壊

解読終了。
多面的洞察には非対応
誤魔化しきれない、滲み出る不均衡

外見アンドロイド
中身ザ・ヒューマン
真っ赤に流血、ガラスの心
そのアンバランスさ加減に期待外れ感大！

幻滅！　アンドロイド!!

レクイエム（Go to hell！）

その腐ったタマシイの行先を貫こうと云うのなら
どうぞ真っ直ぐに突き進んで
持ち合わせていないであろう良心が
すっかり干涸びてしまうことを祈るよ
中途半端な寝返りは止めて
格好悪さ曝け出さないで
どう転んでも有り得ない改心
それならみっともない往生際の悪さなんて見せないで

アンタには善意で与えられるものの価値なんて
生まれ変わっても理解出来っこない
人間らしさの欠片すら持ち合わせていないのだから
死ぬまで鉛の心を引き摺っとけ

アンタの居場所も此処にはない
残酷の熱で涙も乾いたと云うのなら
自身の悪だけ信じ抜け
それを懐に突っ込んでとことん自分を溺愛して
壊れても狂っても生き止まるまでその罪を背負っとけ

あらゆる人間を敵に回して
あらゆる人間に見捨てられて
あらゆる憎悪を塗りたくられて
それでも悦びに浸ってろ
アンタの立つ最期の断頭台(ブタイ)で

誹謗と蔑みとオメデトウの拍手を送ろう

自分の人生此の上なく幸せだったと言い放ちながら
世の中の塵となれ
汚れきった遺伝子を残すことなく
人間でなくなれ
そうなればアンタ、本望だね
地獄は間違いなくアンタを受け入れてくれる
唯一の場所だろうから

サヨウナラ、
人間の皮を被ったケダモノ
オヤスミナサイ、
もう目を覚まさなくていい腐ったタマシイ

エンドレス（独白〜毒吐く） 其の1

意味なく息をしているだけなら消えてしまえ
そんな風に思いながらも甘えた日々に縋(すが)り付いていた

いつしか学校にも行かなくなって
夢を追いかけるフリを演じた
自分にはもっと凄いことが出来るはずだ
只々現実離れした空想だけを描き続けた
ぼんやりと考えるだけで何の努力もしない
ただ思い浮かべるだけで何の行動も起こさない
無意味に時間だけを浪費して
もうよく分からなくなって、見えなくなって
結局何を遣りたかったのか
どうなることを望んでいたのか
自分は正常なのか、それとも病んでいるのか
もう何もかもが不明、不透明

全部明日に回せばいいって無気力な精神と
このままじゃいけないって焦燥感に煽られた意欲と
だけどもう手遅れだって不貞腐れた感情と
このまま死んでくのは嫌だなって抗い喘ぐ意地と
それでも傲慢を捨てられないプライド
脳内は常にヒートアップ状態

自分には何の価値もない
この世界では要(イ)ラナイ人間だ

この世界から取り残された塵ノヨウナ人間だ
そんな考えがいつしか
自分勝手な防衛に変わる

私はこの世界から見下されて馬鹿にされた
それならばこの世界の全てが敵だ
上手く行かないのは全てこの世界の所為だ
私が悪い訳じゃない
私が埋もれているのはこの世界が認めないからだ…

もうじき破綻しそうな人格と手に手を取り合って
私は自分を慰める
こんな世界にいること自体が間違っているのかもしれない
自分を完結させてしまえばどれだけ楽になるだろう
そんな灰色の希望の中にいた

私はいつだって今だってどう足掻いたって
底に沈んだ人間だ
絶対に其処からは抜け出せないと云う理
私はとうに気が付いている
この世界にとって私は不要で粒のような命しか
与えられていない下等生物であることはもう間違いなく
誰かの所為には出来ない所まで来てしまった
もう逃げてはいられない所まで来てしまった

そうして私は人間としての極限の弱さを知った

エンドレス（独白～毒吐く）　其の2

大して違わない性質
一体何が違うの？
明白なラインを越える違いとは何？

　　　オマエ等(う)全員敵だよと
　　　世間を無性に攻撃したくなった
　　　自分以外は全員下等生物だと思い込んで
　　　生きる時代が違えば自分はヒーローだと思って
　　　この世では自分一人が可哀想なヒロインだと思って
　　　貧弱で腐敗した脳ミソで散々御託並べて
　　　誰からも相手にされないから自分自身で称賛した
　　　こんな世の中を生きられるのは
　　　ヤッパリ馬鹿じゃないとダメなんだと思って
　　　馬鹿になりきれない自分を崇めて
　　　その他全員を見下して
　　　だから自分の生きるべき世界は此処じゃないと納得した
　　　自分は死をも惜しまない
　　　死してこそ自分の望む世界に旅立てるから
　　　仕方なく与えられた命を消費しているだけだ…

根本はとても似通っているのではないかな
地下的精神腐敗を味わった者でなければ理解しがたい世界観
私だってきっとアンタと同じような思いをしてきた人間

だけど何が違ってしまったの？
私とアンタを分けたものは何？
この思考の隙間に食い込んで来たものとは一体何？

エンドレス（独白〜毒吐く）　おしまい

けどさぁ、

本当に最低なのは自分自身であって、

下等生物なんかじゃなく、

紛れもなくゴミなのはもう、

自分自身であって、

巡り巡る精神構造の腐敗スパイラル。

それを認めて断ち切らない限り、

永久に終わりなんてやって来ないんだよぉ。

"mama"

ねえ、聴いて欲しいことがあるの
どうしてそんな風になってしまったのか
壊れる予兆はあの頃、既に訪れていたんだと思うの

どうしてあの手を放してしまったの？
どうしてあの夢を支えてあげなかったの？
どうしてあの時、独りぼっちにしてしまったの？
きっと一人で背負えるほど強くなんてなかったはずだよ？
大人でもなかったはずだよ？

あなたが無意識に行った傍観、が罪

心の中はきっと滅茶苦茶で
どうにかしてって救いを求めていたんだと思うの
だけど実際には何も求められなくて
自分からは何も言えなくて
言うことさえ思い付かなくて
きっと、大丈夫？って気に掛けてさえ貰えたなら
顔を歪めて思いっ切り泣き叫んだに違いない

あなたが無意識に行った放任、が罪

満たされない気持ちのままじゃ
いつまで経っても大人にはなれない

あの子はきっと
あなただけが頼りだったんだと思うの

あなたのその、平淡な優しさはとても残酷で
その普遍的でもある優しさは
あの子には全く必要ではなかったんだ
もっと粘着的で拘束的な感情で包まれていたかったんだと
思うの

だからあの子は今尚
かの苦しみから逃れられずにいるんだろう
経験しなくていい苦しみ
経験する必要のない苦しみ
無益な苦しみだ

だから私は同じ過ちを犯したくなくて
私と同じような思いをして欲しくなくて
君にはその苦しみを知らないまま
真っ直ぐに大人になって貰いたいと強く願ったんだ

充分な愛情を与えていると思っていても
それが自己満足で一方通行でしかないのなら
充分な愛情を与えていないと同じことなの

申し分のない愛情を与えて貰えたなって思ってくれないのなら
その愛情は全く価値のないものでしかないの

それに気付かなかったのがあなたの、罪

フリー

どうして生きているのかなんてもう、どうでもいい

今笑っている、と云う事実が全て

今を思いっ切り吸い込んだ

与えられた宿命についてはもう
深く考えることを放棄して

水面に浮かんだ木の葉に乗せられたようなこの命が
何らかの理由によって尽き果てる時が来るまで

その時までは
どんなことを考えたとしても明日は必ずやって来る
だったら何も考えずにひたすら前に進むだけ

この人生を謳歌する為になど生きてはいない

生きているからこそこの人生を
謳歌したいと云う欲求が湧く

どちらにしても生きていると云う事実が此処に在る限り
余計なことをしたいと思う
してやろうと思う

残酷な若さと劣化

若さって残酷だ
見た目の溌剌さ、瑞々しさとは裏腹に
内側はどうしようもなく不安定
本来持ち合わせているであろう魅力の構成は
まだまだ途上段階
失敗と挫折の連続

何をやっても美しい時に私は何一つ
美しさを誇れなかった、残せなかった

歳を取るって残酷だ
やっと完成されたといっても過言ではない内側
今なら何だってやれると思う
今までで最高の状態を創り上げた
心は溌剌とした感性と瑞々しさで溢れている

だけどどうだ？
鏡を覗く度に幻滅する
見た目は最高潮の内側を容赦なくどん底まで突き落とす

歳を取って何の価値もなくなった自分が
必死に頑張ってみたところで誰が振り返るというのだろう
見た目どうでもいい人間の内側の魅力に
誰が興味を抱くというのだろう
そんなもの、誰が求めるというのだろう

何が伝わるというのだろう
何を伝えられるというのだろう

何をするにも見た目が全てだ

結局内側の煌めきなんて歳を取ってしまえば
無意味で無価値で説得力に欠けるものでしかない
誰の欲求をも満たせやしないのに

どれだけ内側と見た目が掛け離れてしまったとしても
内側の煌めきを必要としてしまう自分がいる
どうしようもなく、どうしようもない

要するに残酷な若さと劣化、この二つに
翻弄されているというだけだ

呉々も、若さのまやかし、劣化の抵抗にはご用心を

タイムリミット

期限を迎えた
だからもうこうしてはいられない
異性を必要とする蜜月は終わった
別の生命体をこの体内に宿すことはもう二度とないだろう
だからもう女性(オンナ)としての役目は終わった
女性として生きる意味が無くなった

それが惨敗なのか解放なのかは分からない
だけどどうだって構わない
見ていて
潔くこのドレスを脱ぎ捨ててやるから

女性らしくしてなきゃいけないのがつまらないの
それだけじゃ満足できない
中身は沸々と湧いている
もうじき溢れそう
遣りたいこと貫きたい
我慢したくない
だって甘い意思なんて残ってすらいないもの

誰かの為に生きるという幸せもちゃんとある
だけど同時に自分の為にだけ幸せを追いかけてもいたい
欲張りたい、詰め込みたい
そうじゃなきゃ生きている全てが輝かない

このエナジーを止めなきゃいけないくらいなら
女性を捨てたって惜しくない
覚悟は磐石

女性としての価値が零になったって
このエナジーが私の身体を駆け巡っている
それだけで女性である以上に
美しく昇華していけるの

雌シベ

綺羅星の如く雌シベ
これ見よがしに着飾って雌シベ
容姿端麗、視覚的演出は完璧
外見勝負、其れが全て
華麗なる雌シベ

  自ら望んだ訳ではないけれど性別はオンナ
  ならばオンナを満喫しましょうか
  だけどオンナを持て余す
  扱いきれない、生かしきれない、方法が分からない
  オンナであるが故の武器なるものがあるとするなら
  それを存分に活用する思考、思惑そのようなものが
  脳内に存在していないかのよう
  なぁんだ私、半女(ハンオンナ)

  美しくキラキラと容姿飾るのが苦手
  人為的な美を敬遠してしまう
  美しくキラキラと輝く意識で内側を
  いつも満たしておけるといい
  それが外見に反映されていなくても
  誰も認めてくれなくても関係ない
  だって私、半女

競い合う雌シベ
隠し合う雌シベ

豪華絢爛、それだけで
雄シベを満足させられる

内側の意識なんてなくていい、ない方がいい
その為に雌シベ
あらゆる手段で美しさを追い求める
まるで虚像、存在は虚構
そうあるべき浮世、騙し合える幸福

  考えるだけで面倒臭い
  やっぱり私、半女
  オンナの出来損ないだ
  だから雌シベに憧れないんだ
  それなら半女のままで充分だ

破壊！　ジェンダー・アイデンティティ

ワタシ変ですか？　ミンナと違いますか？
麗しいあのヒトにちっとも関心がいかないの
オンナの魅力満載のあのヒトに全く憧れを抱かないの
そんな風になりたいと思えないの
その美しさ、可愛らしさ、ワタシに必要なものではないな

ひらひらと軽やかでふわふわと柔らかな
花びらみたいな装いは遠慮しておきます
オンナの武器は要らないの

ヒリヒリ痛んでフワフワと柔らかな
包帯で巻いた傷口を持っているの
だからねぇ、もっと激しい感情を投げ付けてきてよ
吐き出すように曝け出してみてよ
容赦なくこの傷、疼かせてくれよ

所詮オンナらしさなんて求めたところで
受け止めきれないものが沢山あるんだよ
感情もっと上下させるような刺激を求めているんだよ
全然足りてないよ
つまらないオンナのままじゃダメだ
半分は捨てないとダメだ
可愛らしさはまず要らない
見てくれの色気は要らない
オンナ特有の思考回路は要らない

しなやかさと上品さは残しておかなきゃダメだ
オトコにはない感性は磨いておかなきゃダメだ

壊したい、性的なマヤカシ

オンナにはない感覚を知りたい
だからワタシはアナタにそれを求めるんだ
オンナにはない世界観を頂戴(ちょうだい)
オンナの限界を超えさせて頂戴
それらを融合させて既存を壊したい
下品にならない攻撃性でジェンダーを破壊したい

そうして私は無敵になりたい

カラフルポップの憂鬱

弾けるような瑞々しい気持ち
同時に消えたいくらいの絶望感

突拍子のない心が自分自身を翻弄する
嗚呼、それならもう拒絶などせずに
成り行きに任せてみようか

どうせ明日には何もかもが
消えてなくなってしまうかもしれない

悲しくたって苦しくたって
キラキラと輝くような今であってほしいからな

何も望みはしないけれど
宿命的に与えられていると云うのなら
それら全部を受け入れてもいい

色んな感情を体験したい
その想いが、
どうせ死んでしまうものであったとしても
その死んでしまう想いを体感する私が、
単なる実験台でしかなかったとしても

実験台

窓からの採光のみで
薄暗い一室に浮かび上がった白いベッド
足元のみが光沢のある
水色のカーテンの脇から窺うことが出来る
ココからは白いそこそこ肉付きの良い
素足が曝け出されているのが分かる

さてさて、これから始まる余興(ショウ)…

アナタ様が左手に握ったメスで
先ずは何処から切り刻もうとしているのか
覚悟して晒した献体ゆえ
中途半端に甘い興味で挑むのはよして
究極の技術を駆使して解体してみて
安心して依存出来るように
魔法の言い回しで麻酔をかけて

全てをお任せすれば世界が一瞬で
変わるくらいの傲慢な自信で
このしょうもない物体に変貌を与えて
アナタ様の全身全霊に洗脳されるから
このカタマリを痛みとか苦痛とかでどうにかして
このヒョウメンを切り刻んで血だらけにして
無機質なココロを血の深紅(アカ)で染めて

実験の最中
アナタ様は不敵に微笑する
乱心の道中
ワタクシは発狂したかのように受容する

そうこうしながらこの実験は進行していく…

お仕舞いの余興
窓の外は涙のような花弁が舞う

この実験によって
生きる快楽が吹きこまれたかどうかは
また別の機会にでも

KA.TA.O.MO.I

胸の奥
荒ブル重低音
もうこんな窮屈な想い、したくない
したくない

苦しすぎて気持ちのやり場がないんだ
だって永遠に打ち明けてはならない孤高の想いだからさ

もう溶けてなくなりたいな

人恋しくて寂しいとか、依存したいとか
その存在を狙っていたのならわかる
だけどこんな想いは決して必然ではなかったし
私にはまるで不要なもの
それなのに誤算と偶然の産物

私以外の誰かにこの心揺さぶられるなんて
有り得ないな、許せないな

ねぇ、人を好きになるってことは
揺るぎない意志とは全く無関係なものだったんだ
理性とか感情とかそんなもので
抑制できるものじゃなかったんだ
拒絶は何の役にも立たない
この想いと上手く向き合えない

ちょっとした心の解放で
呼吸をするように
自然に貴方に惹かれてしまった

有り得ないくらい心を奪われてしまった

自分の意志ではもうどうにもならない

苦しすぎて、やり場なくて
今すぐ消えてなくなりたいな

貴方の映像の光が滲む

貴方の映像の光が滲む
私は只、ぼんやりとしたままで
貴方の立ち姿、躍動をじっと見つめている
心奪われるようにして

私はありふれた何処にでもいる人間であって
誰にでも思い当たるであろう感情を
手当たり次第ぎゅっと詰め込んでいるだけ

貴方に悲しみが溢れてくる
見つめている目から容赦なく
ぽとりぽとりと落ちてくる

貴方を想う人は皆、映像の光滲ませながら
溢れてくるものをそのままに
遣り場のない気持ちに決着を付ける方法を
必死に探しているのだろう

貴方の映像の光が滲む
それでも私はずうっと見ていたい

貴方はその映像の美しい姿のままで
この先もう歳を取ることはないけれど
それでも何処かでちゃんと呼吸をしているのではないかと
思えるようになってきたから

独裁主義

貴方、私の下僕と成って
私に忠誠を誓いなさいな
その忠誠が本物であると確信したら今度は
間違いなく私が貴方の下僕と成るでしょう

まずは女王様のように振る舞わせて頂きたい
その時点でもう我慢ならず
唾吐きかけて逃げ出すような貴方であれば
私の心から永久に粛清して差し上げましょう

いつだって真剣勝負
お手並み拝見といきましょうか
貴方の潜在意識の下にある本物の愛情って奴を
見抜かせてちょうだいな
貴方にその才能を見出したならば
私への信服が揺るぎないと確信したならば
今度は貴方への絶対的で盲目的な隷属で
足元に跪(ひざまず)かせて下さいな

そのような簡単な思考で貴方を愛してたいわ
複雑な数式的駆け引きなんて要らない
ただ黙って貴方に支配されたいわ

無条件に愛情を与え合えるのであれば
民主主義的思想なんて要らないの

一方的に誰かを想う気持ち

一方的に誰かを想う
この先も繋がる見込みは皆無
そんな片方だけに留(とど)まる気持ち
その行き止まった気持ちの存在を悲観なく
温かい眼差しで見守ってあげたい

其処に潜んでいる謙虚で純粋な優しさってものを
存分に引き出したい

心を穢(けが)してしまうような醜い感情は
出来る限り底に沈めて

尊敬だとか、感謝だとか、思い遣りだとか、
そんな上澄みだけを丁寧に掬(すく)い上げたい

相手を上に、自分を下に
一歩引いた位置から貴方を敬愛していたい

祈るように、捧げるように
貴方のことを想っていよう
澄み切った青空のような心持ちで

この想いは伝えられないほど透明
だからこの心の中から解き放つことは出来ない

きっぱりと完結させた
気持ちの怠惰は許せないから

心の中に貴方の存在を置いておくことで
どんな時も強く清らかであろうと頑張れるのです

浮ついた心

あなたのことを、ずっと想い続けていたいから
ひたすら此の胸の中に留(と)めようとした
あなたに傾倒している今、の中に

私はと云えば嫌になるくらい移り気で
今日最高潮に達した気持ちも
次の日には冷めてどうでもよくなって
もう別のことが頭を占領していたりする

だから意識的に、あなたをこの胸の中に釘付けた
こんな風に誰かを想う気持ちが継続すればいいのに
別の人格であるあなたの存在に共鳴する、共感出来る、
と云うこんなにも素敵な気持ちを
失くしたくないのに、持続させたいのに

感情とはイキモノ、キマグレ、ヨクバリ、故に

出逢いとは一方的なものも含めて
大概偶然なんかじゃなく必然
一瞬のすれ違いをも見逃せない
だからこうしてあなたに辿り着いた

すれ違う瞬間、反応する直感
このまま素通り出来ないと感じる心
呼び寄せられるような引力

だからあなたを、
この意識の中に取り込んだ

こんな風にしてあなたに出逢ったのです
ときめいていたいのです
夢中になっていたいのです
煌めく感情の中に、この心を置いておきたいのです

大切にしたい出逢いだからこそ
私のこの、浮ついた心にだけは
何があっても邪魔されたくはないのです

透明な関係

私なら今は貴方だけを
嘘でも本当でもどちらでも
ただ真っ直ぐに見つめていよう

今しか存在し得ない深い場所に
このまま二人で堕ちていこう

私にも私の明日は縛れないよ
だから今をこうして

貴方に想う人がいてもいなくてもどちらでも
息を吸うように今は私だけを見ていて
貴方の心今だけ私は奪うよ

私にも明日の心は掴まえられないよ
だから今だけこうして

貴方への感情なんて要らない
私への感情だってどうでもいい
今はただ貴方が必要であって
多分貴方も私を必要としている
前後に付き纏う感情の所在なんてどうでもよくて
何処か拾えない場所にでも捨てておいて

その閃きに忠実でいたい

かの実験を成功させたい
一瞬の魔法を確認したい

透明な心で私に触れて
透明なものを貴方に返すよ
本当も嘘も全て残らないように

だから私は後悔も傷跡も何一つ残すことなく
いつだって透明でいられる

息を吐くように
貴方が私を見つめたとしても

コール&レスポンス

はっきり断言するなら現実的に
私は貴方を助けることは出来ない

だけど聞いて欲しい
私は貴方を助けたい
どうすればいいか、その方法すら全然思い浮かばないんだけど
それでも貴方を助けたい
心の底から湧き上がる想い
どうしても、何が何でも

私、何の力もない
自信も魅力も全然ない
誇れるもの、何も持ってない
なのに貴方を助けたい
そんな一心、思い上がり過剰、それでも

私は墨を零したような中を只生きてきて
今頃やっとそれに色が付いた
ようやく遠くまで見渡せるようになった
だから貴方を助けたい

あなたに私の存在を知ってもらいたい訳じゃない
でも知って欲しい
貴方とは正反対の道を歩んで来た人間が此処にいること

私のようなどうでもいい人間が此処にいて
つまらなく生きてきた人間がこうして生きていて
ただ人である以外何もなく空っぽで
最悪なこともそれなりにあったけど
それでも今は胸を張って生きていきたいと
真っ直ぐに渇望している

私はそんなどうでもいい人間なんだけど
貴方は必然的な人間だから
貴方を必要としている人は沢山いるから
此処にも間違いなく一人いる訳だから

貴方は私の日常に魔法を掛けた
キラめく一瞬を与えてくれた
キラめく一瞬を永遠に変えた
貴方は私を救ってくれた
その感謝はもう、計り知れないくらいです

だから今度は私が貴方を助けたい
どうしても貴方を失う訳にはいかない
現実的には全く届かない叫びではあるけれど
それでも
貴方の発した声に
私はちゃんと答えなくてはならないから

人の波

人の波
じっと見つめる
少し揺れる

初めてすれ違う人
もう二度とすれ違わない人
何度かすれ違っていたとしても
覚えていない
人、人、人

あの人何読んでるの?
あの人何聴いてるの?
あの人何考えてるの?
あの人誰と繋がってるの?
あの人誰待ってるの?
あの人、何想ってるの?

一遍(いっぺん)に押し寄せてきた
だんだんと大きく揺れる
こんなに沢山の人の波

どうしてアナタを選んだのだろう
どうしてコレやソレやアレを
選んだのだろう
どうしてそうしたのだろう

どうしてなんだろう

此処にいる人たちの
悲しみ全部合わせても
喜び全部合わせても
負けてる気がしない
かといって
勝ってる気もしないんだけど
感受性の伸縮率は皆違うから
計れやしないのに
ついつい冷笑的になってしまう

人の波
とても大きく揺れて
心の振動激しくなる
感傷的なモノクロームに
押し潰されてしまいそう

上手く言葉に出来ないものが
頭の中にのさばっている
上手く伝えられなくて
苦しくなる

人の波よりも大きく波浪した、
この心

ジェリービーンズのようなもので
頭の中を埋めて
カラフルな色彩で
ざわついた心を
応援してみようか

視線を上げて
風を切って
颯爽(さっそう)と歩いて行こう
イヤホンから流れてくる曲
聴きながら

どうして貴方を選んだのだろう

人の波
真ん中でふと我に返る

この人の波
だけど貴方じゃないと
ダメなんだと思う

こんなにも人の波
やっぱり
貴方じゃないとダメなんだ

人の波
無関係に
どうしようもなく
貴方がいいんだな

ドキュメンタリー

みっともない感情を全開にして
私の持っている最大級の最低な部分を
あなたに曝け出していることになる

ごめんね
私はあなたの前で羞恥心の欠片もなく
余す所ないくらい心剥き出しにして
だけどね
分かって欲しい
いつだって真剣そのもので
逃げも隠れもせずに正々堂々と
最低な本性ぶら提げて
あなたの前に立っていること

最低な私は正真正銘真実であって
自分を正々堂々と曝け出すことで
偽りが透き通る
私の後ろに隠した私ではなく、私の隣に並んだ私

だからね
胸がチクチク痛む
こんなにも最低な私を見せているのだから
最大限の優しさであなたを包みたいと
心からそう思っている

受動体

嫌いになっても構わないよ
逃げても追わない

自分が好きな気持ちより
相手に嫌われる気持ちを
大切にしたい

好かれる努力をしない
まんまの私を好きになって

面倒なのがイヤ
退屈するのがイヤ

楽しむ努力は備わっている
私の持っている全てを披露して
笑顔、守ってあげる

頑張らない美学

それくらいかな

それくらいしかないかな

養分

本来、好きになると云うことは
細部まで知りたくなると云うこと

だけど何にも求めない
見返り要らない
その場の雰囲気を共有出来るだけで最高

ありがとう、ありがとう、沢山のありがとう
感謝し足りないくらいの好きをこんな私に与えてくれて

一つだけ我儘を言わせてもらうとしたら
この感謝の気持ちだけは知っておいてほしいな

新しい世界に足を踏み入れたくなる
いつも探していたくなる
好きだと感じる気持ちを

好きは私の養分だ
飽きっぽい私は毎回違った養分で大きく育っていく

持続力なく瞬間勝負
節操なく一方的に寄生してお腹一杯吸い取っていく
次の空腹時の対象を選ぶまで
それまでは好きでいさせて、見つめさせて、感じさせて

何も感じていない無色の状況が不安
常に好きなもので満たされていない心の隙間が怖い
だから一方的な満足だけで充分
自己完結した愛情でサヨナラする手間省いて
合理性をも満喫している

エターナル

ほわんと霞掛かる
その直中(ただなか)に彼女と彼
微かに指先が触れ合う距離を保って
話したり、笑ったり、向かい合ったり、歩いたり…
そんなありきたりな事にもふたつの胸は
ドキドキしていたんです

色んなシチュエーションを創り上げる
色んなシチュエーションで重なり合う
そんな中でいつしか生まれてくる
初めての感動だったり、初めて知る感情だったり
何十年人間やってても
運命的に出逢わなければ気付かないだろう、沢山の気持ち
ふたつの心は知ってしまったんです

沢山話して、笑って、向かい合って
そしてふたり、その手を離さないで
もっと深い所まで進んで行って
沈んだ気分もひとつ、またひとつと
消滅させる方法を見つけていって

そんな日々をずっと続けて
そんな日々を大切に育てていって
何年先も何十年先も
ふたりの永遠を其処に留(とど)めておいて

ふたつの視界にははっきりと
ふたりの未来が見えたんです
見えていたんです

さよなら、Ａ子サン、Ｂ男クン

悲しいくらいに、Ａ子サン、Ｂ男クン
儚いものとは気付かないで仲睦(むつ)まじそうに
並んで歩いているね

屈折した私はその光景を眺めながら
欠伸(あくび)をひとつ

この世にはオトコとオンナしかいなくて
互いの持ち合わせていない肉体に惹かれ合って
そして恋の果てに何かを得て、又は失って
いつの時代も相も変わらずオトコとオンナであって
それ以上でもそれ以下でもなくて
どうして飽きもせずそんなくだらないことが延々と
繰り返されてきたのかと首を傾(かし)げてしまう

悲しいほどに現状に盲目的だ、Ａ子サン、Ｂ男クン

本当に異なる性別と云うものが
互いの不足分を補い合ったり、過剰分を引き合ったり
性差が持つ特有の最上級の慈愛を与え合える存在なのか
そういう存在であり続けられるとでも云うのか

だけど性差の壁の前では
どうすることも出来ずに至って無力で
あたふたしたり、苛立(いらだ)ったり

均衡を失うことの方が多いのが現状だ

屈折した私は百パーセントの関係性を
目撃したことがない
だったらやっぱりそれは幻想でしかないのだ

その幻想に違和感を覚えない、又は覚えることのない、
Ａ子サン、Ｂ男クン
キミたちは恋に選ばれし人たちだ

屈折した私はと云えば
次に何をするべきかちゃんと先手を打っておいた
もう誰も好きにならないだろう
もう誰のことも好きにはなれないだろう
理想は呆気なく崩壊した
だったらもっと崇高な恋とは似て非なる
別物の感情が存在する楽園へと急ごう

さよなら、恋するＡ子サン、Ｂ男クン

私がとうに諦めてしまったものを、その恋とやらを
必ず成就させて
いつかキミたちの恋が殿堂入りするくらいの理想となることを
陰ながら祈っています

Keep smiling

私たちのラインがこの先交わることは
もう二度とないのかもしれない

その前に私はあなたに対して誠実で
力の限り大切に思うことができたのかしら
私の力はあなたにとって
満足のいくものだったのかしら

私の心には通常
後悔と云う言葉は存在しないはずなのだけど
もしもその言葉が存在する瞬間があるとしたら
丁度今なのかも知れない

その出逢いから別れにかけての密度の濃さを
あなたに感じて貰うことができたのかしら

私が笑えばあなたも笑う
あなたがどんな表情であっても私は笑う
そしたらその内あなたも笑う

あなたへ用意した言葉は選び抜いたもの
あなたが笑顔になってくれるように
私の試み、気に入ってくれたかしら

自分の為ではなく誰かの為に

私の存在が有効であると云うのなら
惜しみなく誰かを笑顔に変えていきたい

けれども本当に
あなたとの短い時空間の中で
全力でそうすることを行えたと云うのかしら

Please keep smiling for me
Even if I'm crying hard in my heart,
I'll do everything in my power for you

MESUINU

見た目は年齢と共に劣化してしまうけど
心はいつまでも不変でキラキラ眩しいものなんだな

私はと云えばあの頃から比べると
随分と汚れちまった
あの頃とひとつだけ違うのは
どうにも消せない記憶があると云うこと
だけどこの汚れた経験と現実を凌ぐほどに
私の心は今まっすぐにあの人へと向かっている

十代よりも純真な気持ちで
何もなかった零の肉体で
まっすぐにあの人を想っては
苦しくなって泣いちゃうんだ

こんな想いは消え失せろ
どうせ叶わない儚いマボロシだ
繰り返す抑制
だけどあの人を想わずにはいられない！
矛盾と無意識の暴走
イコール腑抜けた私

　　もう首輪に繋がれた雌犬になって
　　あの人に従順に平伏した方が楽だな

今までに感じたことがないくらいの
破壊的な可愛らしさで
あの人のことだけを感じ取りたい私が
確かに此処にいるんだよな

☆妄想ランデブー☆

もう目が合うだけで心臓飛び出しそうだ
すれ違っただけで心音聞かれそうだ

もしも貴方が私を気に入ってくれているとしたらね、
興味を持ってもらえているとしたらね、
嬉しすぎて舞い上がっちゃって
脳味噌ぶっ飛んじゃうだろうな

そうなってからは毎日
貴方のことばかり頭に浮かんでくる
貴方のこと考えただけで表情頻回に急転する
もう気になり過ぎて頭ン中バグってんだ

それでね、もしも貴方の意識の片隅に
私の存在置き場を作ってくれているとしたらね、って
そんな妄想してみるんだ

ワガママ言わない
好きになってなんて高望みしない
貴方には私の好きからいつでも自由であってほしいからな
貴方の心は縛りたくないな

ただ私のこの気持ちは知っておいてほしいな
時々でいいから話しかけてほしい
それで笑い合えたらいいな

少しだけ触れてほしい
それで少しだけ触れられたらいいな

その続きはもう、
貴方の合意を得ないと
ちょっと想像することは出来ないかな
しちゃ悪いかな

そのくらい頭ン中を貴方がヘビロテしてんだな！

☆妄想ランデブー・他力本願編☆

貴方になら私を使った妄想、
いっぱいして欲しい!!

あんなことやこんなこと私にさせて
貴方の妄想スクリーンに映し出して
思い付くまま私をどうにかして
貴方の下僕として盲目的に従属させて
そして至れり尽くせりご奉仕させて

満足いくまで私を這い蹲(つくば)らせて

嗚呼、現実はとてもじゃないけど
貴方を喜ばせることなんて出来やしない
私は出来損ないのオンナだから
大胆にはなれないし自信も魅力もまるでない
恥ずかしくって嫌われたくなくって死にたくなって
閉ざしてしまうんだ

だからどうか貴方の妄想の中だけでは
私を頑張らせてあげてください

心からの敬愛を態度で示せなくて不甲斐ない自分を
毎回責めている私であるがゆえに

現実ではね、

私と生きている瞬間の素晴らしさのようなものは
伝えていけるだろうけど
必死に生きている生き様だけは自信を持って
伝えていけるだろうけれど

☆妄想ランデブー・アナザーワールド！☆

もう君を、
このまま連れ去ってしまいたいな！

手を繋いで二人、
ビルの谷間を跨いでさ、
星空の彼方へと逃亡しないか？

過去も未来も現在も、全部全部、
回る時計の三本の針に絡めてしまってさ

僕しか君を独り占めできない、
そんな自分勝手な空想の世界へと

僕の心は破裂寸前！
君の存在が膨らみ過ぎて
ドウショウモナイくらい惨めなんだ

だから僕は、
この空想の世界でだけは
色んなことを君と確かめ合いたい
どうか僕から目を逸らさないで欲しい

現実ではただ君の、
立ち振る舞いを眺める事しかできないゆえに

だから毎晩こうやって君のことを思い浮かべては
形さえ知らない身体と見つめ尽くした表情を想像しながら
空しい程にその空想の残骸を
狂ったように抱き締めて、
切ないほどに悶えているんだよ

スーパーマンになりたい、
貴方だけのスーパーウーマンになりたい

こうなれたらいいなって
心から望むのは
わたしの存在によって
少しだけでも
救われたと思ってくれる人が
いてくれること

あなたを笑顔にする為の
とっておきの魔法をどうぞ

あなたのことを
笑顔で受け入れたい
そして肯定したい
少しずつでいいから
あなたの心の声を聴かせて
心の傷んだ場所に
温かな息を吹きかけるの
あなたのことを
包んであげたいんだ

時間ならかかってもいい
あなたがわたしを
選んでくれたなら
思いっ切り調子に乗って
スーパーマンになってみせるよ

これで良かったなって
心から嬉しかったのは
わたしの存在によって
少しだけでも
元気になったと思ってくれる人が
いてくれたこと

あなたを笑顔にする為の
とっておきの言葉だったんだ

……だけどね、
貴方のこととなると
笑顔で見つめられないんだ
屈折した心の中は
いつにも増してチグハグで
僅かな勇気は意気消沈
貴方のことを
深くまで知りたいと願うのにな

時間ならかかってもいい
貴方が私を
見つけ出してくれるなら
思いっ切り調子に乗って
貴方だけのスーパーウーマンに
なってみせるのにな

失ったもの

もう涙も出ないな、

曇っていた空が今になって
スッキリ晴れてきたせいかな

この心を応援してくれていると云うの?

知らなくてもよかったコトを聞いて
知りたくもなかったコトを聞かされて
知らないままでいたらもっと苦しかったコトが
こうして明らかになったことで
胸を締め付けていた想いは何処かへ弾け飛んだ

だからと云って
もう零には戻らない、戻れない

ねえ、
あたしはこれから何処へ向かえばいいのかな?

まだこの先に続いていくと信じていたこの想いが
もう要らないものとなってしまったけれど
その空いてしまった未来の空洞を
何で埋めればいいのかな?
何で埋められると云うのかな?

いつかこの想いが別の感情に代わるまで
あたしは待つことが出来るのかな？
平然と毎日をやり過ごすことが出来るのかな？

この絶望から逃げずにいられると云うのかな？

「Good Night Darling」

私にもそんな時があったのかな
確かにあったはずだね
時が経つのは予想以上に早くて
気が付けばいつの間にか経験したことの多さで
心は鋼のようになってしまった
何があってもこの心が悲鳴を上げることはない
苦痛を感じる心は死んだ

もっと弱い心で誰かを必要とすることが出来たなら
もしかしたら明日と云う日が
今とは全く違うものになっていたのかもしれない
もっと寂しい心で誰かに甘えられたとしたのなら

誰かの胸の中で泣いたり、我儘を言ったり
いい子になったりすることが出来ない仕様なのかもね
時間をかけてそうなったのかもね

ただ誰かのことを大切に思う気持ちが
死んだのではないよ
決してそうではないよ

君が最愛の人を想う気持ちに涙が出る
君の気持ちの行間から溢れる愛情を感じ取ることも出来る
君は私みたいに不幸にはならないで
私が幸せに見放された人間だから余計に

君の想いを体感させてもらうだけでもう、

だから声を大にして言いたいことは
人として愛する気持ちが死んでしまったのではないってこと

多分そのような幸せと引き換えに
不幸であったとしても鋼のように生き抜くことを
選んでしまったんだね
きっとそうなんだね

心がグラグラしそうになった時
いつもリピートする戒め

「おやすみダーリン」

私はそう囁きながら

最愛の人を永遠に眠らせた

著者プロフィール

森 美眼（もり びがん）

1970年代前半、愛媛県にて生まれる
現在、神奈川県在住
明記することは特に何もない一般人

音楽、書籍（写真集、アート系、趣味系、他）、ゲーム等、
サブカル的なものが好き

Scream Out!!

2015年8月15日　初版第1刷発行

著　者　森　美眼
発行者　瓜谷　綱延
発行所　株式会社文芸社
　　　　〒160-0022　東京都新宿区新宿1-10-1
　　　　　　　　　電話 03-5369-3060（編集）
　　　　　　　　　　　03-5369-2299（販売）

印刷所　株式会社エーヴィスシステムズ

Ⓒ Bigan Mori 2015 Printed in Japan
乱丁本・落丁本はお手数ですが小社販売部宛にお送りください。
送料小社負担にてお取り替えいたします。
ISBN978-4-286-16435-9